作者简介>>>

修正，本名邹石泉，江西抚州人，生于20世纪70年代。喜云游天下，广交朋友。一生以钻研宣讲传统文化为己任，在千聊APP平台上开设有专题讲座，爱好写作，在报刊及文学网站发表大量诗词作品，著有随笔集《风来犹作海潮音》(上、下册)。

云水行吟

修正 著

漓江出版社
·桂林·

图书在版编目(CIP)数据

云水行吟 / 修正著. -- 桂林：漓江出版社，2024.1
ISBN 978-7-5407-9500-9

Ⅰ.①云… Ⅱ.①修… Ⅲ.①诗词-作品集-中国-当代 Ⅳ.①I217.1

中国国家版本馆 CIP 数据核字(2023)第 147417 号

云水行吟
YUNSHUI XINGYIN

作　　者 修　正
出 版 人 刘迪才
出版统筹 文龙玉
责任编辑 宗珊珊
助理编辑 周冬辉
特邀编辑 张立云
插　　图 王明炎　周建新
装帧设计 云上雅集
责任监印 黄菲菲

出版发行 漓江出版社有限公司
社　　址 广西桂林市南环路 22 号
邮　　编 541002
发行电话 010-85891290　0773-2582200
邮购热线 0773-2582200
网　　址 www.lijiangbooks.com
微信公众号 lijiangpress

印　　制 长沙市精宏印务有限公司
开　　本 880 mm × 1230 mm　1/32
印　　张 5
字　　数 64 千字
版　　次 2024 年 1 月第 1 版
印　　次 2024 年 1 月第 1 次印刷
书　　号 ISBN 978-7-5407-9500-9
定　　价 85.00 元

序：清音高古咏大千

◎谭仲池

我的诗友李青凇先生，原是一个很优秀的诗人。二十多年来他很少写诗了，但他对传统文化的研究与禅诗的感悟，却日见精深。他云游天下，四海为家，参礼大德，广结善友，心中的世界更加明澈辽阔，行色、神态、语言，充溢着慈悲仁爱之光与超然脱俗之态。他用正觉之心、明慧之眼，给自己酝酿着生命之诗。

近日青凇来长沙，约我到李自健美术馆相

会看展，特意给我带来修正的信和其《云水行吟》书稿，并盼望我为之写序以结殊缘。

这些年来，我写诗也渐次减少，多是因为日趋黄昏，少了往日的敏锐与激情。虽然我与修正不曾相遇，但我知道青淞所荐之人之诗词，一定不俗。

初冬的夜，微寒而风轻，月白云淡，群星璀璨，是读诗的最佳时光。我拧亮台灯，让晶莹的光辉镀亮书稿，一行行的诗句就似跳动的五线谱，拨响了我心中的诗弦。

古人云："诗，言其志也；歌，咏其声也；舞，动其容也。三者本于心，然后乐器从之。是故情深而文明，气盛而化神，和顺积中，而英华发外，唯乐不可以伪。"在细读《云水行吟》时，我就在思考，诗人释修正的"情深而文明，气盛而化神"会在诗中如何蕴含和坦露呢？随时间的滴漏，诗之真实、美善、纯粹与俊朗、飘逸、深邃便一一浮出诗行。

《云水行吟》诗词集共分四辑，分别是

第一辑《行吟感怀篇》，第二辑《纪事酬唱篇》，第三辑《景胜抒咏篇》，第四辑《闲填散韵篇》。

读完这个书稿，我直接的感觉是，诗词发乎于心，诗情溢乎于胸，其旨在魂，其华在体，其诗词之美学形象，可谓高古澄明，清气荡漾，俊朗纯粹，情咏大千。具体来说，表现在以下几个方面：

其一，览胜景草木，物我同一，风月雨露，皆为心印。

《庄子·齐物论》中说："天地与我并生，而万物与我为一。"这种天地万物就是"我"，"我"就是天地万物，天地万物与"我"同一的哲学理念，实际上也是一个纯粹诗人的理想境界和精神天空。

古人写诗，从来都是写自己的心境和眼中的万千气象，让灵魂抵达"一切唯心造"的精神自由。我从释修正的诗中，亦可见一斑。如《赤城云海吟》：

雪浪千寻势拔空，碧渊恢廓塞鸿蒙。

举目赤城山上望，隐隐天河影现中。

又如《小窗暮望》：

料峭春寒二月天，展眸云窗竹林边。
峦岫掩空挑屋脊，标旗沐雨挂檐前。
且怜花木凝新绿，尤爱鼎炉散晚烟。
法性难明鬓渐雪，未辞辛苦做诗仙。

其二，察时势世态，见微知著，故土乡愁，家国眷恋，可生妙篇。

自古以来，好的文学经典，尤其是诗歌，莫不对时势世态、家国兴衰、故土眷恋关注至极。故有不少传世之作，成为今人的心灵瑰宝。这便是历史演进、时代发展波澜对诗人的呼唤，更是关乎国运、家愁、人伦教化的人文使命。释修正尽管每日忙于行吟，足迹天涯，但时势微变、世态风化，都会让他魂牵梦萦，暗生忧患，此乃恻隐情，更是慈悲心。

如《奥运》：

今朝汉风解宣扬，万国较技竞短长。
画轴巧呈尧邦秀，缶音奏彻盛事章。

夺金漫夸男儿健，传薪须使智体强。

百年中兴从兹始，声光如日正当阳。

其三，品人间烟火，风花雪月，闲散时光，胸有大容，笔格风骨，温润无华。

扬雄说："天地之所贵曰生。"就是说，宇宙是一个生命流转、生生不息的过程。而人在宇宙中生存流转，其实就是生命的生息过程，故而所有的经历，就可以沉淀为自己的人品乾坤与笔格风华。

清代沈宗骞说："笔格之高下，亦如人品。"所以我从释修正诗词的"笔格"与气韵中，看到了他的"人品""风骨"与洗尽铅华归本真的心灵花朵。

如《暑日读〈红楼梦〉》（其一）：

暑气侵肌夏正长，芸窗执卷玩鸿章。

悼红公子真奇绝，禅意情丝泪几行。

这首《茶事》（其六），我以为别有风味，足见其高古与清冽：

半架梵文半架茶，澄神默饮傲烟霞。

清风移月为良友，啜尽湘花又发芽。

从以上所述，我们可知修正学诗、写诗已渐入佳境。

余学诗、写诗近六十年，至今无好诗。但在我心中诗是神圣的、纯粹的、高洁的，也是精神的、心灵的花朵。诗之高下，其实多在诗外功夫与诗的妙化之境和文字魅力，故追求诗的空灵、具象、词采、律韵乃至自由、浪漫、透明、妩媚和庄重，就显得尤为重要。比如，在诗中追求“清气”之神、之韵、之美，我们就要尽心用力去捕捉所写事物的清韵结晶。宋末元初方回说：“天无云谓之清，水无泥谓之清，风凉谓之清，月皎谓之清；一日之气夜清，四时之气秋清；空山大泽，鹤唳龙吟为清；长松茂竹，雪积露凝为清；荒迥之野笛清，寂静之室琴清。”这“清”何其至洁至丽至澄至纯至美之静啊！因此诗之风华便须虚实有度，象征比兴有致，文采韵律有格，少一些意象藩篱、诗语重复，更忌雕琢之痕。

总之《云水行吟》给我读后的感慨甚多，

集中而言，便是禅心拈花，犹玉无瑕，本真澄明，形神入道，文采斑斓，清气飞扬。更期待修正的诗“今朝尘尽光生，照破山河万朵”。

2022年11月23日于长沙淡泊书斋

（谭仲池，湖南浏阳人，汉族，1949年12月出生，中共党员。历任职务头衔：中国作家协会、中国书法家协会会员，国家一级作家，中国电影文学学会副会长；兼任湖南大学、湖南师范大学、国防科技大学硕士和博士生导师；曾任潇湘电影制片厂厂长、长沙市人民政府市长、湖南省文联主席、湖南省政协副主席等职。出版诗集、散文集、长篇小说共32部，创作电影12部。其中电影《袁隆平》获第十一届中宣部“五个一工程”奖，第十三届中国电影“华表奖”，新中国成立70周年“优秀电影剧本和典型人物形象”表彰奖；其作词的歌曲《你是一棵树》获第十届中宣部“五个一工程”奖，《阳光乐章》获2003年度中国电视音乐“星光金奖”；电影《热土》被国家电影局确定为纪念改革开放40周年9部重点影片之一；音乐剧《袁隆平》获2019年湖南省“五个一工程”奖。）

目 录

第一辑 行吟感怀篇

第二辑　纪事酬唱篇

第三辑　景胜抒咏篇

第四辑　闲填散韵篇

第一辑

行吟感怀篇

天柱峰

万八千丈独称雄，个中最胜属南峰。
定起九旬巢筑顶，骚人今犹赞寿公。

闲居偶吟

更深忽忆少年事，一缕侠魂梦亦芳。
普门欲度我何有，几随查古接楚狂。

【注】

查：指查良镛（金庸）。

古：指古龙。

国清偶遇感吟

临海重游似旧时，启窗挥手别稚缁。
浥尘霏雨轻车快，触目旖旎慰我思。

【注】

临海：县级市，隶属于浙江省台州市。

茶 事

一

甘霖潇潇夜若渊，闲拈灵草梦中煎。
窃取赵州一句字，非茶非水亦非禅。

【注】

赵州：即赵州从谂禅师，留有“吃茶去”的公案。

二

宿会招提叙前缘，月光如水夜如年。
百偈千言空相忆，一壶一语味盎然。

三

八峰栖影究圆乘，二涧常宣妙谛声。
祖意须从言像入，院东佳茗沏未曾。

【注】

妙谛：实相之妙理，东坡有诗“溪声便是广长舌”，今借其意。

祖意：指禅门常说的“祖师西来意”，就是指佛之心印，诸法实相之理。

院东：为东院的倒装，赵州禅师所居观音院因在赵州城东，故又名东院。

四

钟声和雨送晚风，把盏长吟兴莫穷。
仙茗香兮欺兰芷，羡煞天然造化功。

五

循迹丹丘习妙观，昏散无端自湎酖。
毒龙欲治凭何术，苦参赵州三字关。

【注】

丹丘：天台山之别称。

毒龙：喻指烦恼习气。

湎酖：指被昏散所困，沉溺其中不能自拔。

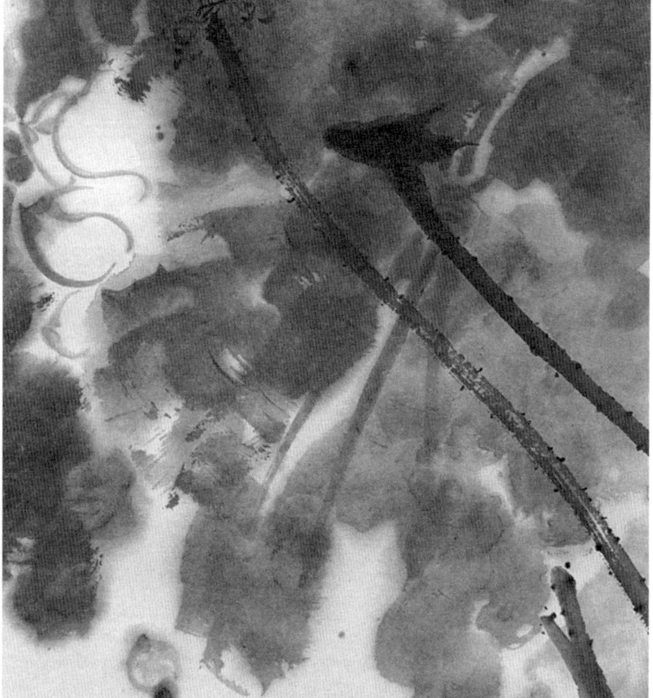

六

半架梵文半架茶，澄神默饮傲烟霞。
清风移月为良友，啜尽湘花又发芽。

【注】

湘花：古代茶诗中为茶叶之代称。

和宗德《山居春赋》

碎影摇日入禅房，映我流黄薄纱窗。
花靨酡红娇无语，松针滴绿色犹凉。
时聆春燕鸣屋宇，每观古柏笼寺墙。
平田三月熏风里，草木幽传妙莲香。

【注】

流黄：指褐黄色的绢。

取“大拙”为号拈题

一

频拈大拙缅前贤，废心用形焕性天。
逆顺随缘无憎爱，妙契维摩不二篇。

【注】

废心用形：儒者称孔子有废心用形之德。

二

守拙功高世莫裁，秧歌慈氏漫相猜。
无端觑破云移月，冉冉青牛涉楼台。

【注】

青牛涉楼台：指老子骑青牛入陕西楼观台论道。

题《蕉庵诗稿》

浮生缘影付管城，满纸沧桑幻亦真。
诗肠渐灼悲杜宇，数载闲吟方册裖。

【注】

管城：乃笔之异名。

午梦呓语

贝典吟哦缅净邦，珍台池树妙难量。
依稀身置安养界，隐约鼻沁宝莲香。
天花焕彩从空落，金渠流水绕上方。
殷勤礼赞诸开士，梦转东风昼正长。

忆台山旧事

相距十千里，南北参商间。
玩赏浙山水，邂逅晤城关。
钟鸣宿鸟惊，斟茗话自然。
契阔明朝事，且尽此夕欢。

台山夜话

台山岑寂夜已阑，烹茗论道兴千般。
茶馨诗韵幽情惬，律仪禅机愿力坚。
圆乘熏人拟詹卜，戒风挹物类芝兰。
欲约他年同济世，微言相得襟怀宽。

【注】

詹卜：花名。

芝兰：指灵芝和兰花等香草。

静夜思

雨骤风狂消夜半，拥衿危坐费思量。
眼空四海谁知己，腹蕴三观慕觉王。
食睡蝉联聊度日，悲欣交集扰心光。
底事难明春又过，太息沧桑意惝惶。

问禅莆田偶吟

中阳先生出其吟莆田之行诗句以示予，盖数年前予曾游之，遂步其韵而吟之。

逐雨轻车赴莆田，杜宇催诗夜未眠。
梵钟破晓传新韵，妙句神来心自闲。

梦游华顶

一

台岭云横峻及天，降魔华顶奏狮弦。
戒乘双圆辉禹域，蔚为妙宗奕万年。

【注】

禹域：即赤县神州。

二

天台鹫岭辉后先，秘藏亲承总持旋。
实相三观冰拌水，忍土全舒极乐天。

读禹王碑

珍重禹王碑，经劫出土来。
圣功倩国乘，蚪文耀石台。
云峰金简约，灵花逐溪开。
徘徊抚裂隙，忽发瘫门哀。

忆蕉庵

一

犹记平田院中蕉，翠叶亭亭舞风娇。
十载临窗相对望，晴雨喧静慰寂寥。

二

衡南飙风撼秋城，青山迎客动离情。
处处峰峦皆相似，犹忆蕉庭夜雨声。

第二辑

纪事酬唱篇

忆端阳赛舟事

榕江西湖每年端午节，皆有彩舟竞赛之盛事，余曾亲临其会，感触颇深，故以诗记之。

西子湖头觅西子，景亭栏北眺景亭。
几处扁舟竞骇浪，谁家少艾舞红缨。
江畔轻风抚杨柳，楼外青山隐鸣禽。
最爱端阳波上望，锦旗锣鼓幼年心。

【注】

西子：指西施像，榕江西湖中以前设有西施像，现已拆除。

景亭：湖中有亭名景亭。

少艾：指少女。

思　友

红叶凋伤劲竹寒，永夜蟾辉待谁看。
山径萧条闻君至，煮茶重究赵州关。

【注】

究赵州关：指参究赵州禅师“吃茶去”的公案，此处代指互相交换对人生的看法。

步《梦归故里》原韵

缱绻无端入梦行，庭前梨枣业成荫。
契阔羞对孩提友，惶惶晨暮奉纶音。

【注】

缱绻：指缠绵之意。

纶音：古代指帝王的诏令，此处指父母之言。

步《赴育王斋》原韵

霞蔚云蒸万象开，应真五百赴天台。
堪怜平田慧福地，潮音法雨涤尘埃。

忆融城山居影事

一

清明时节融城秀，夙缘逐我扣鲤仙。
峰头策杖兴浩叹，与谁共论悟真篇。

二

慕道襟怀性爱山，灵源端的溯鸣泉。
茶香漫笼临崖屋，云别头陀去不还。

三

塔矗峰头绕紫烟，捧瓯凝望思渺然。
云水百城为底事，莫教幽愫落人间。

和子华梅花诗

一

傲骨性耐寒，爱向冰雪开。
皑皑弥天际，朔风倩香来。

二

香魂匿严寒，铁枝朝北开。
休嗟寂无主，幽人独往来。

咏游石竹山抒怀

一

松涛怒吼云卷飞，仙山秀绝更媲谁。
且赏精镌怜鹤影，雀噪深葱暮天垂。

二

磴道林荫稚鸟飞，劫外风光属阿谁。
鲤卧澄湖仙何在，幽梦旖旎只暗垂。

三

仙去鹤藏云自飞，松壑琳宫待付谁。
雾锁青葱丹灶冷，桫椤怜客叶低垂。

四

出洞闲云共鸟飞，翠盖金容伫候谁。
白水润心勤禅诵，定起钟鸣目微垂。

暑日读《红楼梦》

一

暑气侵肌夏正长，芸窗执卷玩鸿章。
悼红公子真奇绝，禅意情丝泪几行。

【注】

芸窗：即书斋。

鸿章：即天地间的美妙文章。

悼红公子：即曹公雪芹也，曾居悼红轩披阅《红楼梦》十载，增删五次。

二

痴情极处愈荒唐，巧托旖旎梦亦芳。
聚散浮生谁品尽，幻事终归大幻场。

三

涤尘历世演无常，木石盟心恨未央。

惊破几许情深梦，吟哦每觉齿生香。

【注】

涤尘：指偿还风月情债。

木石盟心：指贾、林二人心心相印。

四

红楼三读意难平，掩卷支颐细思寻。

闲愁旧恨知多少，风月无言总关情。

五

红楼数轴类摩尼，色色人观啧啧奇。

情天幻海书不尽，南窗梦觉日沉西。

【注】

摩尼：乃无价之净色宝珠，能随物而变其光，喻红楼一梦，世人所见各不相同。

六

秋风秋雨奈何天，闲愁急就碎心篇。
更深吟泣胸头血，终古啼红有杜鹃。

【注】

碎心篇：指黛玉之《秋窗秋雨夕》，令人读之心碎。

杜鹃：即杜鹃鸟，常于花间鸣叫，往往血染花枝。此处指黛玉长歌当哭而竟致最后吐血而弃世，则与杜鹃之啼血同样令人悲怜。

七

醉心独让黛玉诗，缠绵哀艳古今痴。
为问幽愁深几许，看取花开花落时。

儒家第一义

致君尧舜未足夸，格正齐平事有涯。
乐处休寻颜巷陋，良知即念富恒沙。

侠士吟

快意恩仇酬知己，落拓天涯絮蓬飞。
荷桂西湖昆仑雪，侠骨流芳怅别离。

羊城过除夕偶吟

阅尽江湖千万峰，雪月梅花梦里逢。
春溢羊城桃符艳，烹茗犹忆塔头风。

乍回临川感吟

思亲怅望白云边，故园魂梦托茗煎。

琳宫易址椿萱老，阔别临川已十年。

【注】

琳宫：仙宫，是道观、殿堂的美称。

椿萱：父母的代称。古人以椿代指父亲，以萱代指母亲。

回乡感怀

十载江湖梦中身，纵横尘事乱假真。
素心如鉴亡悲喜，白眼横觑逐浪人。

闻俚曲有感

春节在家，忽闻卓依婷翻唱之流行歌曲，前尘往事浮上心头，顿时有种重回少年岁月之感。

孤村寥落度朝昏，俚曲呈新暂相闻。
岁月如歌人渐老，翻疑儿时梦尚存。

闻小侄学鸡鸣有感

侄儿顽皮仿鸡叫声，唤我早起感怀。

静卧不觉天已晓，鸡人窗外报犹勤。
梦回方诧童声厉，掩笑沉吟醉客心。

【注】

鸡人：指模仿雄鸡啼鸣的小侄。

闻慧君升学高中有感

漫言高中动诗兴，犹记雁塔甫登临。
寒窗苦攻酬经籍，家乘辉光显令名。
宝树院庭嗟寂寥，咏絮芳闺赋远音。
云山此日遥相庆，北海樽满莫辞频。

【注】

雁塔：指唐代进士常于长安大雁塔题诗留名之典故。

家父六一寿辰感吟

一

云外忽传书信到，寄语诗翁赴寿筵。
霞拥大椿经八百，园栽蟠桃熟三千。
霓裳彩袖青冥外，鼓瑟纶音罔象间。
万种情怀千场醉，世上闲人地上仙。

二

半世浮沉已成翁，雄心犹与壮时同。
悬壶乡里权济物，栖神书海且从容。
采芝踏云溪山上，孤吟沐月院庭中。
闲来壁上题诗句，欣见寒梅赛血红。

三

幽居真趣在山林，出岫闲云共此心。
饮啄随时何成算，用舍由我岂定名。
荷锄事忙晴晒药，弄孙殊乐教诗经。
弹指蜉蝣历半世，南极辉光耀太清。

四

数椽茅屋身安住，田园林畔足忘忧。
桃李无言三株壮，寒梅遒劲一枝修。
舞罢南拳日初起，吟成杂咏夜方休。
年来渐觉幽居好，策杖溪山看水流。

清明接志高来翰感吟

一

三春物华竞芳菲，闲身思共白云齐。
俯瞰群峰泥丸小，凭眺霓霞落日西。
光阴荏苒人渐老，事功无据友朋稀。
浮生若幻何成计，太息沧桑聊自题。

二

佳节霏霏雨气浓，源本难忘动情衷。
青嶂苕荛犹祖德，危径曲折与心同。
宗功邈殊家山近，净业难纯孝道空。
怅望五湖烟波阔，身安随处是莲宫。

代家父贺族叔邹华高中政法大学

一

邹门崛起有斯人，华年折桂步鳌巅。
贤明旷达鸿鹄志，弟蕴雄才众士先。
荣耀乡邦家声远，升迁政校令名宣。
大展宏图扬正气，学海渊深著伟篇。

二

佳讯传来展欢容，寒门俊彦气如虹。
芸窗苦读人难识，科场挥翰义理通。
报国光宗情殷永，崇德尚学世大同。
毓秀家山书壮史，随缘应物总春风。

三

文光射斗耀家山，科场逐鹿意地闲。
书林学海抒奇志，师恩祖德润心田。
笔底生花钦雅量，心裁妙出仰雄诠。
敢与时贤争席位，待从国际展鸿篇。

四

胸中逸气遏云浮，学海观澜意悠游。
经纶华翰娱慧目，家山烟水寄吟眸。
兴发时怀图南略，报国常思弄潮舟。
荣升嘱赋情何限，拭待五洲展鸿猷。

家母六一寿辰感吟

一

万象重新逸兴浓，芳菲何处掩春踪。
河旁信步柳翻绿，园畔回眸梅绽红。
壮怀每观晴空旭，慈心偏闻稚孙哄。
生机勃发身康健，欣和春风举寿盅。

二

春晖育物茂且妍，芳菲斗艳舞风前。
高洁硕健称梅骨，劲节虚心羡竹坚。
阅世六旬恍弹指，筵开二月贺斯年。
休语韶光共流转，婺寿端超万象先。

三

芳春喜瞻寿星明，宝婺腾辉耀太清。
芝兰绕座香凝室，耕读传家乐祖荫。

樽开北阁阎闾颂，萱茂东风懿德馨。
海屋添筹期百岁，杯引沧溟贺遐龄。

四

家住青山竹林边，半生清梦系田园。
披云采樵岩崖邈，沐月荷锄风露闲。
耕读着意维家计，贫奢忘机度流年。
此身应共烟霞老，太虚宝婺两翛然。

贺高中体校

一

轻云绕嶂映秋光，溪山摒俗襟怀朗。
处世从容人事淡，家业殷丰国势昌。
鸟巢入梦歌奥运，闻鸡起舞体健强。
鹿宴欣开萌壮志，五洲竞技汉风扬。

二

学业殷勤心智明，折桂荣亲动幽情。
义海探珠怡容色，书山攀顶许身轻。
芸窗索隐忘舞蝶，林下高吟和啼莺。
杏坛咫尺几多地，出众文华旧有名。

三

高中鳌头又南图，珠玉绣文案平铺。

晓望家山重巇翠，夜聆风竹唤凤雏。

蔚起寒门凭俊彦，光被国乘倚诗书。

兴邦启智真长策，男儿襟怀阔海湖。

老父述怀代笔

一

炼药观书旧生涯，绕房茶竹乐田家。
陇云踏破缘佳句，策杖峦峰笑落霞。

二

影入云松并山溪，药锄挥处杜鹃啼。
霞惨露冷孤峰寂，归欤长歌月城西。

临别高堂吟

又将远游，念及双亲老迈，不胜唏嘘，明月流辉扰人思绪，推窗远眺，心有戚戚焉。

永夜愁不寐，衷心乞谁安。
清辉凉如水，远山淡若烟。
有缘习妙乘，无意滞尘寰。
堪嗟椿萱茂，羞忆老来斑。

奥　运

奥运开幕式以展画轴方式，介绍我国文明历程，两千人击缶以示泱泱大国之风。

今朝汉风解宣扬，万国较技竞短长。
画轴巧呈尧邦秀，缶音奏彻盛事章。
夺金漫夸男儿健，传薪须使智体强。
百年中兴从兹始，声光如日正当阳。

除夕遣怀偶吟

岁岁除夕读君诗，多生缘重感文辞。
常值佳节怀佳友，每吟昔著抚昔时。
世路风波今方践，古道相携信故知。
春讯不觉云山远，弄影灯前有所思。

【注】

古道相携：指以古圣贤的道义相互砥砺。

2013迎新春感吟

旅泊幻世若转蓬，物苏何处掩春踪。
休语芳菲今不艳，色香极处是真空。

春节即事

昊天咸悦此春朝，竹翠联红竞妖娆。
处处烟花呈异彩，儿童嬉逐语声娇。

元宵乐

一

汤圆尝罢酌香茗，昏烦涤蠲气宇清。
宵永茶馨人似玉，室满春风笑语殷。

二

今宵聊咏别春诗，道友酬唱乐难支。
甘霖多情频相和，软语灯红夜半时。

国庆接明纲诗感吟

细雨和风入夜来，璀璨烟花绽空开。
异彩纷呈成底事，东阁幽人笑满腮。

梦子华君

作别尊容业经年，世事如沸众口传。
常忆苏杭携游地，泪慨休戚入梦田。
风姿绰约行海内，谈笑嫣然指月前。
挥手临窗频回顾，太息沧桑负教筵。

除夕偶占

东风送暖绿枝丫，桃符呈新贺年华。
夜坐围炉非照岁，课罢楞严细论茶。

第三辑

景胜抒咏篇

步《向晚偶吟》原韵

极目烟峦逸兴浓，百八清音送晚风。
我本无生虽觉老，璧瑛如鼓万山红。

【注】

璧瑛：指良玉，古人常用以譬喻日月，此处指太阳。

玩花池

灵岩山原称象山，周围七十二峰甚为壮观。春秋时夫差建馆娃宫蓄西施于此，山顶有池可以划船，极尽奢侈。晋时司空陆玩居此，后舍宅为寺，像教大兴。信步池边不禁百感交集，口占一绝云：

琳宫霸业付荒丘，兀石池台独淹留。
胜地定缘兴像教，梵音钟磬易千秋。

咏秋树

秋风萧瑟，黄叶翻飞，漫步园内，但见有树叶落之后枝干挺拔，益见威武之态。

华裳褪尽现本真，傲骨苍颜益精神。
孤高不媚时人眼，独向西风效龙嗔。

塔院幽景

塔院一角向来幽静，午间漫步，见其间松竹交杂，数只蝴蝶穿梭于棘花之间。

叶茂深林寂，翮鸟翔云天。
唯见双飞蝶，蝉联棘花间。

【注】

翮鸟：指飞鸟。

灵岩月夜

秋夜寂静，月光如水，虚室生白，时闻虫吟花圃，桂花之影一片斑驳，稍后晚钟响起，月光、花影、虫吟、钟声构成世外之世，妙不可言。

宇清器尘净，花圃蛩虫吟。
桂魄疏寒影，钟传出世音。

闻啸声有感

象山晨昏时有练嗓音者，放声长吼每与钟声交杂，似有一较短长之意。

谁仿狮王啸山林，几与法杵竞清音。
未谙心涵十方界，蜩搏鹏程亦太矜。

山村晨事

姑父家房后有河，景物极佳，晨起凭栏而望。

宿雨经秋后，万物俱氤氲。
雾笼青山隐，柳映碧波澄。
鸡鸣炊烟起，砧喧笑语频。
王孙如有意，南陲辟三径。

【注】

氤氲：飘忽不定状，此指雾气升腾。

王孙：唐诗中多指朋友。

三径：孟浩然有诗云“一丘常欲卧，三径苦无资”，代指归隐之意。

象山踏月

钩挂玄穹银河淡，亭倚栏杆北斗斜。
明珠数匝绕琼市，灯火仨俩属渔家。
橙光辉映琉璃刹，铁甲频驰白玉纱。
俯瞰尘寰飞逸兴，钟击千秋笑馆娃。

【注】

琉璃刹：指都市的玻璃楼阁。

铁甲：指月亮下在公路奔驰的汽车。

白玉纱：月亮下的国道犹如一束轻柔的白纱。

春　雪

春上枝头雪未消，箨龙庭院益娇娆。
山僧未解怜琼玉，趁步扶筇踏小桥。

【注】

箨龙：竹笋的异名。

扶筇：扶杖。

故园忆

初来平田，见其田园风景与故园有几分相似，不免有怀故里之思。

家住青山竹林边，一湾流水绕门前。
陌盛嫣红蝶翩舞，堤拂垂柳鱼傍眠。
踏绿牛犊侵茵褥，循声痴犬越山巅。
乐哉遗世桃园景，怅忆前尘若梦烟。

冬夜抒怀

光阴似箭，时不我留，弹指间已近而立之年，功夫无成，而少年之锐气消磨，徒叹奈何而已。

一

尘事难明悔已迟，圭角消磨欲何之。
襟怀惨淡无人识，唯有西风夜半知。

【注】

圭角：指少年时之锐气。

襟怀：孕育于胸中之远大志向。

二

劫海茫茫事可悲，双丸速驶白发催。
夜阑疏竹摇秋雨，方悟无生法义微。

【注】

劫海：指尘世无尽之意。

双丸：古人有“日月两轮天地眼”之句，乃指日月为双眼。

见牛卧碧溪偶吟

国清寺前有一湾碧溪，牛卧其间，于路上之行人若无视也，普净师曰：“何不口占一绝？”予当日困甚，笑而推之。今晨忆及此事，遂为之句云：

暑气炎炎夏未央，柳畔溪清卧牛凉。
暂将头角埋碧水，南北熙熙任伊往。

西湖览胜

湖光山色赛婵娟，碧泓涵空浮玉莲。
几处亭台临水构，数叶轻舟泛云边。
多情且欲随梅鹤，孤忠每惭吊岳钱。
境胜人贤恣幽探，曼陀无语笑嫣嫣。

【注】

梅鹤：宋孤山处士林和靖“梅妻鹤子”之典故。

岳钱：岳飞和钱镠，前者为大宋之忠臣，后者为吴越国的创建者。

山居纪事

一

山居终日赏青山，风物宜人放眼看。
静观红花笑绿水，轻逐烟岚舞柳杉。
八峰岧峣空常翠，双涧鸣珂梦亦憨。
探幽不向桃源景，策杖偏寻智者龛。

【注】

岧峣：指山峰高峻崎岖。

二

性喜无生入深山，岫烟如梦绕禅关。
烹茗客至云房暖，静虑人还褐衣单。

檐铎雅鸣翩鸟悦，鼎篆旖旎众圣欢。

遥想佛陇径行处，诸天花雨定中参。

【注】

鼎篆：如篆字形之盘香。

旖旎：香烟缭绕的美妙景象。

夜雨纪事

狂风乱雨扑窗前，室内帘幕舞翩翩。
酣睡梦中惊坐起，维时正值五更天。

小窗暮望

料峭春寒二月天，展眸云窗竹林边。
峦岫掩空挑屋脊，标旗沐雨挂檐前。
且怜花木凝新绿，尤爱鼎炉散晚烟。
法性难明鬓渐雪，未辞辛苦做诗仙。

琼台览胜

琼台高峻景最奇，双峰雄峙剑门阴。

貔貅百万柳营暗，削瓜千寻寒壁明。

涉险每嘲韩愈恫，览胜常怀善财心。

此日登临无限意，山空潭净碧云轻。

【注】

貔貅：一种猛兽，代指勇士。

韩愈恫：指唐代大文豪韩愈游华山苍龙岭，以为将命尽于此，作《绝命书》投于山下，山民见书而救其下山。

善财心：《华严经》中善财童子过一百一十城参访善知识。

华顶春游

策杖访华峰，松竹万千重。
山深弥古意，云外一声钟。

“叹落花”闲题

一

众芳渐摇落，猩红逐风飞。
蝶衣千片巧，信是舞别离。

【注】

蝶衣：喻指轻盈的花瓣。

二

朱英辞故本，蝶梦冷香残。
坠红雨幽径，谁解泣逝川。

【注】

逝川：指流逝的岁月。

三

东园群芳摇落，春移鸟怨蝶惊。
无那飞红照眼，谁探劫外华林。

四

朝风暮雨更频，残红香染幽径。
鸟怨枝空春老，月怜影瘦光清。

中秋夜雨吟

中秋前夕收到短信，有祝福人月双圆之意。时值寒雨连天，不禁莞尔，噫，雨夜正堪吟咏赋闲，不亦美哉。

潇潇夜雨涤台山，短信飞来带笑看。
漫嗟双圆今难愿，正堪吟咏赋宵闲。

雨夜遣怀

蕉雨销魂更漏残，披襟重索旧诗看。
曾因气盛非贾岛，常抒灵明踵公安。
尘情阅尽秋云幻，世事经多蜀道宽。
最爱稼轩博山句，稚年休赋行路难。

【注】

公安：指明代性灵派的文学大家袁中道三兄弟，属湖北公安人氏，这两句喻指欣赏直抒胸臆之文笔，不喜贾岛等苦吟派诗人之枯吟。

博山句：辛弃疾《丑奴儿·书博山道中壁》有句“少年不识愁滋味”，实为饱经沧桑之语。

赤城云海吟

雪浪千寻势拔空，碧渊恢廓塞鸿蒙。
举目赤城山上望，隐隐天河影现中。

登凤凰山顶眺远感吟

枫叶舞霜风，彤云漫天红。
身世伤浮梗，浪迹类雪鸿。
危岩旋数转，松竹暗几重。
眺远长太息，空忆旧帘栊。

静夜忆龙川峡秋游事有感

龙峡畅游忆昔秋，流水溪山影像留。
临别依依贻联句，轻吟何处觅离愁。

【注】

影像留：指曾摄影留念。

游黄山感吟

翻腾云海缅轩辕，丹成遗址慰人间。
奇峰不复藏灵草，怪石依然瑓碧渊。
烟笼崖松思佳饮，屐临石径羡天仙。
观止岂独霞客语，慈光阁里忆前生。

【注】

丹成遗址：古人练道称金丹大道，这里指修炼成功的地方。

登　高

怅望上方宝界遥，层峦叠翠倚云霄。
青岚韵美春长在，塔寺巍峨德未凋。
栏楯石成随山转，钟鸣琳殿逐风飘。
性憨直上孤峰顶，恍疑群仙折简招。

论　道

林泉幽居已十年，性喜无生习三观。
振衣乍别天台境，策杖随朝九鲤仙。
香笼宝榻谈经籍，门掩空山探重玄。
记取禅翁叮咛句，退步原来是向前。

【注】

性喜：天性喜欢的意思。

品　茗

日坐山房聆鸣泉，古塔孤峙绕云烟。
萧萧竹影临石径，袅袅茶香笼洞岩。
丛林尚传三字偈，人间纸贵七碗篇。
触手玉瓯随意酌，花解禅机绽笑颜。

赏石竹山雨景有感

一、山房听雨

雾绕青峦隐显看，檐承梢雨拨琴弦。
柯间弱羽翻飞急，榻上禅僧意自闲。
妙境天然难图画，造化灵奇越言诠。
幡引清风笛声起，思入圆明万象先。

二、雨后胜观

霖雨涤尘山如洗，云白嶂青景象明。
澄湖卧鲤思霞客，磴道凌空倚太清。
石镌凤翥龙翔字，松作雷鸣虎吼音。
鹤影尚存仙在否，怅留幽梦拯迷津。

家父游北京摄影题咏

2014年秋，家父与兄长共游北京城，余愧不能与之同行，见诸照片颇感欢欣，遂为之题咏云。

一、颐和园

辞乡万里赴帝都，故宫新厦乱吟眸。
信步湖堤数菡萏，绿柳红鲤暗点头。

二、天安门

辞乡忽作帝城游，故殿雄关满目秋。
风物宜叙天伦乐，合家史海探骊珠。

三、恭王府

举家北作万里游，几日风尘达帝都。
殿阁流连添逸兴，恭王遗宅不堪酬。

四、故宫

帝都秋游兴未艾，宫阁池台共徘徊。
世易谁辩当年事，漫评风物叹兴衰。

五、王府井

名街信步乐如何，驴友摩肩软语多。
最是珠撒泉喷处，化铜车伫聆笙歌。

六、圆明园

残垣断壁吊皇园，国粹流难异域间。
聊借荷洁思今古，温史捶膺砥彦贤。

七、长城

峻岭逶迤势如龙，直透重关入太空。
蹑履秦墙惊冥界，霏霏寒叶送疏钟。

八、水立方

琉璃数顷溢清光，健游翻浪竞豪强。
转思奥运宜盛世，胜迹频瞻颂国昌。

九、鸟巢

图南未展垂天翼，已筑银巢待凤栖。

竞技五洲谁独步，鸣阳孤影委数奇。

十、天坛

社稷民生系皇猷，坛筑妙严祈玉霄。

农为国本三千载，盛仪衣冠入梦遥。

十一、十三陵

龙驭升天渺何处，沧桑世易五百年。

大患纵知谁解脱，寿山寥寂霞满天。

十二、海底世界

世界珍贮碧琉璃，万类千群共游栖。

舞鲨尊大珊瑚巧，最惜人鱼赛美姬。

【注】

珊瑚：指最娇小的珊瑚鱼。

人鱼：指表演的美人鱼。

十三、电视塔

溢彩流光四色稀，京城瞰览幻姿奇。

凌空观景聆天语，山水云树影迷离。

【注】

四色：指代表四季的绿红黄白四色灯光。

观景：指225米高的观景厅。

山水云树：指10米宽的电视墙。

十四、北游摄影感怀

京城留影赏闲堂，西风京韵协清商。

犹记流云瞰灯夜，玄幕星缀木樨香。

【注】

流云：指电视塔内242米高的流云厅。

题荷叶图

芙叶浸塘雨，妙景入眸中。
碧盘珍珠润，玄源涟漪风。
化母机梭巧，神工意蕴空。
天然寒山境，怡契与心同。

咏窗间竹影

清梦常欣似旧时，碎影窗间曳竹枝。
执卷伫思讶高节，烟绿摇风客归迟。

题山月图

峰峦迴异月何殊，影入清溪事不孤。
痴猿罢拈亡踪迹，如水流辉碧山秋。

题水里星空

醉里不知天在水，冉冉星河入梦来。
晶莹未是思乡泪，一枕清风遍九垓。

题玉兰花

幻颜初识醉清奇，赛玉欺霜俏碧枝。
琼台倩影姿曼妙，青娥应为惜春痴。

小儿嬉戏图

最怜儿时稚且真，花鸟什物倍宜亲。
梦绮犹抱珍玩吃，依人无端笑语殷。

静夜遣怀

桐柏姑苏事转遥，襟怀未畅憾未消。
为怜故园篱畔萼，遗世山村付寂寥。

旷野秋树图

萧瑟秋光物态稀，野旷云稠逐树飞。
繁华落尽心无尽，一拂春风绿又回。

梦回周庄

烟雨霏霏忆江南，小巷漂舟溯碧湾。
绿紫争芳吴歌艳，倚窗闲看逸兴遄。

看图忆杭州

一

青帝回车万物晖，寒雨袭窗眺翠微。
常忆苏杭三月里，柳映亭台稚鸟啼。

二

花靨柔条弄春晖，楼阁峥嵘出翠微。
永明妙旨西湖水，日照龙鳞翩鸟啼。

三

烟笼长堤沐春晖，宝塔巍巍矗翠微。
假风常叙当年事，鸟识玄音恰恰啼。

四

斟茶煮饺纪春晖，陋室浮香暖氲微。
携手屏前戏花影，梦觉楼头野雉啼。

荷花图

为爱清亭手自栽，碧波绰约笑靥开。
缉裳未识梅熟否，香乱棹移若耶来。

夜半听雪

一

万山俱寂灯如晦，小酌窗前看落花。
素手烹茗香满室，欣迓寒英顾我家。

二

窗前观雨伴琼花，叶落深山尽生涯。
夜半清声彻幽境，往来寂灭法王家。

第四辑

闲填散韵篇

浣溪沙·春色

一

燕语青峦物态佳，杨柳拂风桃散霞，疏篱丛竹住山家。

定起窗外潇潇雨，闲烹蒙山雀舌茶，迷离春色醉梨花。

二

屋外园林春正浓，海棠香郁杏蕾红，蜂蝶蝉联戏芳丛。

临床执卷嫌雀噪，趁步山径绿荫浓，踏青人入画图中。

【注】

蝉联：留恋不舍的意思。

卜算子·秋游

故人海上来，惊喜山寂静。幽崖峡谷共徘徊，独钟青嶂影。

围坐叙平生，是非空记省。殷勤摄像纪胜缘，不觉秋风冷。

九张机·回乡感言

一张机。河柳拂风逐西晖。搔首空忆孩提事，石间拥坐，清流嬉戏，如水逝不归。

二张机。陌上徘徊忆别离。销魂欲诉亡言语，桃花枝上，蝉联飞雀，依然旧处啼。

三张机。染泪修书寄阿谁。契阔难期容光损，西窗烛影，盘中诗句，孤吟更漏催。

四张机。欲织回文复迟疑。常恨幽怀人不会，孤灯投影，繁霜满地，垂首泪暗滴。

五张机。吟哦窃疑易安词。情存境异悲难已，昔之长流，今时沙碛，不忍更追思。

六张机。故垒双燕去不回。犹忆喃喃梁间愿，塞北寒风，江南烟雨，并翅剪剪飞。

七张机。鸳鸯织就意迟迟。多情大抵空遗恨，连理枝畔，月庭前坐，杯酒泯相思。

八张机。织就梅花绽寒枝。傲骨难谐阳春

景，灞桥风雪，孤山日暮，冷香倩谁知。

九张机。最忆寒香入鼻时。玉砌琼雕遗人世，香袅宝鼎，梅绽枝头，春意促新诗。

看取蓮花淨應知不染心
乙酉季

喜迁莺·遣怀

临窗远眺。嗟往事烟遥，闲愁多少。宝方箨龙，榕江轻舟，城南招提松老。壮怀激烈怎消，永忆慈恩难报。伶俜儿，浪迹天南，酸辛谁晓。

休恼。且吟哦，短阕数章，磊魂狂歌耗。圣典幽微，妙旨遐布，精思缚脱逍遥。比来渐弃筌蹄，忘却幻尘劳。如今也，心无住，懒将金瓯倒。

菩萨蛮·伤别离

胞妹远嫁漳州，然其房中之装设未改，塑制花草甚多，温馨可人，漫步房内犹觉人未远离，抚今追昔，不禁悲从中来。

绿窗春暖盈花草，艳容未逐秋光老。塑制景芳丛，温馨可怜同。

置花人已别，见花心凄恻。数载相依矣，眸中蒙蒙雨。

定风波·贺慧君升学抒怀

学海长流今古齐，宸殿听吟鹿鸣诗。珠冠剑履浑无迹，何去？逍遥异代不同时。

拭目且待风云起，赴试，十万青衿竞才思。探囊闲拈季军位，须醉，得意休将中圣辞。

玉楼春·听雨

小阁秋雨夜阑珊，流珠如琏系房檐。茶气氤氲围炉聚，寂寂空山叙前缘。

平常心事无限意，滴滴销魂损华颜。永忆高楼欢此夕，恩怨如风飒天边。

忆江南·太白山竹林览胜

太白景，最胜属幽篁。

千竿凌云青欲滴，石径古道透碧苍。

四顾意彷徨。

菩萨蛮·山居怀故友

梅树千株绕孤屋，轻云数片挂檐前。石龟回首处，山僧话禅箴。

风卷叶翻飞，憩鸟枝上啼。秋意浓如许，斯人胡不归。

【注】

石龟：指茅棚前方有大石如龟。

南乡子·杂吟

高楼眺远

凝眸处，晓寒天，六楼台外花木前。

数声啼鸟随风脆，惊思虑，始觉腹空晌午催。

阅《东坡集》

东坡词，意近诗，豪气遏云纵骋驰。

举笔欲拟无着处，空思慕，学海渊深未可忽。

西江月·寿辰感怀

放眼芳菲世界，万紫千红竞殊。高歌黄鹂鸣翠柳，休将韶光空负。

嘉辰欣逢华诞，海屋又添新筹。腾辉宝婺耀星都，祷祝萱花永茂。

减字木兰花·寿辰感怀

此情何限。芳菲红紫春光艳。花甲初周。似水流年乐悠悠。

感怀千万。沧桑几度身仍健。介公眉寿。欣看庭前莱衣舞。

【注】

莱衣：小儿穿的五彩衣。

丁酉秋

忆江南·祝慈寿

寿辰好，杨柳沐和风。鸟雀蝉联戏芳丛，海屋增筹筵北阁。樽酒贺萱荣。

芳辰好，柳绿又桃红。烂漫山花映碧空，遥想瑶池尊上寿。端延宝婺宫。

春辰好，卉木俱欣荣。翻飞稚鸟闹青葱，窗前翠屏清如洗。北堂举寿盅。

嘉辰好，把酒祝东风。聊托飞廉索老彭，海外有山萱常茂。慈寿颂无穷。

卜算子·家慈寿期遣怀

浪迹类浮萍，东西无定处。业风吹作化南游，招提权安住。

时光似水流，韶华不我顾。慈萱芳辰隔天涯，瓣香遥祷祝。

画堂春·贺高升体校

胸怀百卷临考场，挥翰义焕流芳。从容应题不惊慌。谱就辉煌。

庐陵多生豪杰，端愿奥运争光。情酬鹿宴赋辞章。家乘沁香。

后　记

◎修正

诗集就要出版了，心里有些忐忑不安，自古以来就有诗言志、诗言情的传统，到了宋代，理学家们往往以哲理入诗，开诗言理之新风。

我幼年见父亲为撰联与作诗，往往吟哦到深夜，心中既好奇又不忍其艰辛。后来自己开始背诵了大量的唐诗宋词，常常为诗词中那微妙的文学意境所陶醉，觉得有诗词相伴的人生总是很惬意，人生变得很有弹性，生活中处处可获得妙趣，觉得凡事皆有可乐之处，凡物皆有可赏之处。由于文学修为所限不能成为诗人，诗词却已融入了我的生活，虽无佳作供人赏玩，诗情画意却常萦绕心怀，挥之不去。

夜深人静，常犯禅病，如乐天所云："自从苦学空门法，销尽平生种种心。唯有诗魔降未得，每逢风月一闲吟。"苦于格调不高，就反复吟哦，却寸步难进。方始相信古人所说："学诗浑似学参禅，竹榻蒲团不计年。直待自家都了得，等闲拈出便超然。"往往为一首诗而两天心绪不宁，对我等修行之人来说更是大忌，为了不负手上为稻粱谋事，就忍痛断除吟哦之癖。毕竟"诗为禅客添花锦，禅是诗家切玉刀"，但了禅心莫问诗句！

后得遇李青凇老师，几番洽谈深受鼓舞。人到不惑之年，心境平稳，再难有情绪之大起大落，写诗只是调心方便而已，不再与禅心相违逆，就有再续前缘之念兴起。以前所集之诗句，都是当日记写作，聊记当时之心境，并没想过日后出版诗集。经李老师整理，将付剞劂，公诸同好，以结文字般若良缘。紫柏老人尝说，禅之于文字也，如春在花枝。文字禅，文字即禅心，文字即世尊手中之金色菴摩罗花，当日头陀破颜微笑，不知此集流行，是会心一笑，抑或聊博一哂，皆为善友。

2022年11月2日